D1289639

JEUNESSE

Gilles Tibo

Illustrateur depuis plus de vingt ans, Gilles Tibo est reconnu pour ses superbes albums, dont ceux de la série *Simon*. Enthousiasmé par l'aventure de l'écriture, il a créé d'autres personnages. Il s'est laissé charmer par ces nouveaux héros qui prenaient vie, page après page. Les aventures de Noémie se poursuivent… pour notre plus grand bonheur.

Louise-Andrée Laliberté

Louise-Andrée Laliberté pratique notamment le métier d'illustratrice depuis quinze ans. Elle aime son travail parce qu'il n'est pas routinier et parce qu'aucune machine ne pourra jamais l'effectuer. Elle avoue dessiner parfois en vrai kamikaze. Elle travaille vite et il lui arrive de créer le dessin final sans faire d'esquisse. La réalisation dont elle est le plus fière : ses deux garçons. Lorsque ses dessins amusent ses enfants ou que ces derniers ouvrent grand les yeux en les regardant, alors elle se dit : mission accomplie.

Série Noémie

Noémie a sept ans et trois quarts. Avec Madame Lumbago, sa vieille gardienne qui est aussi sa voisine et sa complice, elle apprend à grandir. Lors d'événements pleins de rebondissements et de mille péripéties, elle découvre la tendresse, la complicité, l'amitié. Coup de cœur garanti!

Noémie
La Boîte mystérieuse

Données de catalogage avant publication (Canada)

Tibo, Gilles

    La Boîte mystérieuse

    (Bilbo jeunesse 94)

    (Noémie ; 10)

    ISBN 2-7644-0078-0

    I. Titre. II. Collection.

PS8589.I26B64 2000   jC843'.54   C00-941128-3
PS9589.I26B64 2000
PZ23.T52Bo 2000

Les Éditions Québec Amérique bénéficient du programme
de subvention globale du Conseil des Arts du Canada.
Elles tiennent également à remercier la SODEC
pour son appui financier.

Le Conseil des Arts | The Canada Council
du Canada | for the Arts

Nous reconnaissons l'aide financière du gouvernement du
Canada par l'entremise du Programme d'aide au développement
de l'industrie de l'édition (PADIÉ) pour nos activités d'édition.

Diffusion :
Messageries ADP
955, rue Amherst
Montréal (Québec) H2L 3K4
(514) 523-1182
extérieur : 1-800-361-4806 • télécopieur : (514) 939-0406

Dépôt légal : 3e trimestre 2000
Bibliothèque nationale du Québec
Bibliothèque nationale du Canada

Révision linguistique : Michèle Marineau
Montage : PAGEXPRESS

Noémie
La Boîte
mystérieuse

GILLES TIBO

ILLUSTRATIONS : LOUISE-ANDRÉE LALIBERTÉ

Déjà parus dans la série Noémie

LE SECRET DE MADAME LUMBAGO,
coll. Bilbo, Québec Amérique Jeunesse, 1996.
• **Prix du Gouverneur général du Canada 1996**

L'INCROYABLE JOURNÉE,
coll. Bilbo, Québec Amérique Jeunesse, 1996.

LA CLÉ DE L'ÉNIGME,
coll. Bilbo, Québec Amérique Jeunesse, 1997.

LES SEPT VÉRITÉS,
coll. Bilbo, Québec Amérique Jeunesse, 1997.

ALBERT AUX GRANDES OREILLES,
coll. Bilbo, Québec Amérique Jeunesse, 1998.

LE CHÂTEAU DE GLACE,
coll. Bilbo, Québec Amérique Jeunesse, 1998.

LE JARDIN ZOOLOGIQUE,
coll. Bilbo, Québec Amérique Jeunesse, 1999.

LA NUIT DES HORREURS
coll. Bilbo, Québec Amérique Jeunesse, 1999.

ADIEU, GRAND-MAMAN,
coll. Bilbo, Québec Amérique Jeunesse, 2000.

Déjà parus dans la série Petit Géant

LES CAUCHEMARS DU PETIT GÉANT,
coll. Mini-Bilbo, Québec Amérique Jeunesse, 1997.

L'HIVER DU PETIT GÉANT,
coll. Mini-Bilbo, Québec Amérique Jeunesse, 1997.

LA FUSÉE DU PETIT GÉANT,
coll. Mini-Bilbo, Québec Amérique Jeunesse, 1998.

LES VOYAGES DU PETIT GÉANT,
coll. Mini-Bilbo, Québec Amérique Jeunesse, 1998.

LA PLANÈTE DU PETIT GÉANT,
coll. Mini-Bilbo, Québec Amérique Jeunesse, 1999.

LA NUIT BLANCHE DU PETIT GÉANT,
coll. Mini-Bilbo, Québec Amérique Jeunesse, 2000.

Déjà parus dans la collection Titan

LA NUIT ROUGE, coll. Titan,
Québec Amérique Jeunesse, 1998.

À Sandrine Rauscher,
la petite blonde au cœur d'or...

-1-

La boîte

Aujourd'hui, je ne vais pas à l'école. C'est une journée pédagogique. Je passe la journée avec ma belle grand-maman Lumbago d'amour en chocolat. Nous nous racontons des histoires en lavant la vaisselle et nous jouons au scrabble. J'adore jouer au scrabble avec grand-maman parce que je gagne toujours! C'est facile pour moi! Les petites lettres de bois tournent dans ma tête, se placent les unes près des autres et deviennent des mots.

C'est tout le contraire pour grand-maman. Lorsqu'elle joue

au scrabble, elle sue à grosses gouttes. Elle est meilleure pour faire des tartes et des gâteaux, surtout des gâteaux au chocolat double épaisseur avec beaucoup de crème qui déborde de partout. Il y a justement un gâteau qui cuit dans le four. Son arôme emplit toute la cuisine.

Lorsque nous cessons de jouer au scrabble, grandmaman semble aussi épuisée que si elle avait couru le marathon. Chaque fois, elle me caresse l'épaule et soupire :

—Mon Dieu Seigneur, Noémie, tu as encore gagné. Je ne réussirai jamais à bien jouer à ce jeu-là !

Pour l'encourager, je la serre dans mes bras et je lui dis en l'embrassant dans le cou :

—Il ne faut pas dire ça, grand-maman. Chaque fois, vous vous améliorez!

—Bon, répond-elle. Pour me reposer le cerveau, je vais préparer le sac pour les bonnes œuvres.

—Les bonnes œuvres? Qu'est-ce que c'est?

—C'est un organisme de charité qui ramasse les vêtements dont on ne se sert plus...

Pendant que j'essaie de construire des maisons avec les lettres du scrabble, grand-maman va et vient dans l'appartement. Puis elle ouvre la porte avant et s'exclame :

—Mon Dieu Seigneur, qu'est-ce que c'est?

J'accours près de la porte d'entrée. J'aperçois une grosse boîte sur le balcon. Elle semble

très vieille, cette boîte. Elle est couverte de poussière. Les coins sont écrasés. Elle est ficelée avec une sorte de corde que je n'ai jamais vue auparavant. Plusieurs étiquettes à moitié déchirées sont collées sur le carton : ITALIA... FRAGILE... ALTO... BASSO...

Mais la boîte est placée sur le côté!

Étrange! Très étrange! Pourquoi prendre la peine de placer des étiquettes qui indiquent où sont le haut et le bas, pour ensuite placer la boîte sur le côté?

Pendant que je me pose toutes ces questions, grand-maman fait le tour de la boîte en disant :

—C'est curieux! Aucun destinataire n'est mentionné sur la boîte. Il n'y a qu'une adresse à demi effacée... et... Regarde, ce n'est même pas mon adresse!

Je souffle sur la poussière qui recouvre le carton. Je lis l'adresse 4003... puis j'essuie la boîte avec ma paume. Je vois des lettres apparaître, de vieilles lettres écrites à la main. Je peux lire un L... un E... un M... un A qui est presque totalement effacé. Je ne peux pas lire le reste du mot... LEMA... Qu'est-ce que ça peut bien vouloir dire?

Grand-maman regarde la boîte en fronçant les sourcils. Je dis :

—C'est facile à comprendre. Vous habitez au 4303. Sur la boîte, on a écrit 4003. Le facteur s'est trompé...

Je m'élance dans l'escalier. Je descends les marches quatre

à quatre. Avant que grand-maman me pose la question, je lui crie :

—Je vais essayer de rejoindre le facteur! Il n'est sûrement pas loin!

-2-

Le facteur

Je saute sur le trottoir, puis je tourne à droite. Je sais que le facteur se dirige toujours dans cette direction.

Je cours, je cours comme une gazelle en regardant le plus loin possible. On dirait que les lignes du trottoir se rencontrent à l'horizon. Je ne vois pas le facteur. Mon cœur cogne dans mes tempes et jusque dans mes pieds. Je reprends mon souffle quelques instants et, en me retournant, BANG!, j'arrive face au facteur, qui sort d'une maison à logements.

Je lui dis :

—Bonjour, monsieur le facteur! Je crois que vous avez fait une grosse erreur... en carton!

Le facteur me regarde, l'air éberlué. Je vois bien qu'il n'a rien compris! Je me calme un peu et je dis :

—Vous avez livré une grosse boîte de carton à la mauvaise adresse! Voilà, c'est ça! Vous devriez venir la reprendre tout de suite. Peut-être que quelqu'un l'attend!

Le facteur me regarde avec de grands yeux. Il relève sa casquette et se gratte la tête en disant :

—Ma petite fille, je crois que c'est toi qui fais une erreur! Je n'ai jamais livré de grosse boîte à personne!

—Nous venons de recevoir une grosse boîte par la poste!

Je ne suis pas folle, quand même! Et ma grand-mère non plus n'est pas folle! Une boîte, c'est une boîte! Surtout une boîte en carton! C'est vous, le facteur! C'est vous qui livrez le courrier!

En m'écoutant parler, le facteur éclate de rire :

—HI... HI... HO... HO...

Je déteste qu'on me prenne pour une imbécile! Je reste plantée devant le facteur, qui devient sérieux. Il se penche et me dit sur le ton de la confidence :

—Écoute... je ne livre que des enveloppes toutes petites. Comment veux-tu que je livre de grosses boîtes? Premièrement, je suis à pied. Deuxièmement, même une petite boîte n'entrerait pas dans mon sac...

Là, je l'avoue, je me sens un peu ridicule, mais je ne le montre pas. Je dis seulement :

—Oui, tout ça est très logique... mais... si ce n'est pas vous qui avez apporté la boîte, qui est-ce?

—Cela dépend, répond le facteur en fouillant dans son sac. S'il y a des timbres sur la boîte, alors c'est un facteur en camion qui livre les colis... Sinon, c'est une compagnie privée, spécialisée dans la livraison... Sinon...

—Sinon quoi?

—Sinon, c'est tout simplement quelqu'un qui l'a déposée chez vous!

—Qu'est-ce qu'on peut faire pour renvoyer la boîte d'où elle vient?

En montant un escalier, le facteur me répond :

—Cela dépend... Si c'est un facteur en camion, il faut téléphoner au bureau de poste, et on viendra la chercher. Sinon, il faut téléphoner à la compagnie de livraison, qui viendra la récupérer... Sinon, il faut la retourner à la personne qui l'a déposée chez vous. Tu comprends?

Pendant que je regarde le facteur monter et descendre les marches qui mènent aux boîtes aux lettres, je réfléchis très fort, mais je n'arrive pas à me souvenir. Y avait-il, oui ou non, des timbres sur la boîte?

-3-

Les grandes questions

Je retourne à toute vitesse chez grand-maman. Je monte les marches d'escalier deux par deux. Une fois sur le balcon, je deviens tout étourdie. La grosse boîte a disparu! Grand-maman aussi! Tout est calme! Trop calme! Un vent doux fait balancer le feuillage des arbres. De gros nuages flottent dans le ciel. Tout cela me semble trop ordinaire pour être vrai. Je sens que les problèmes commencent!

Je comprends tout! Pendant mon absence, des voleurs de grands-mères sont montés sur le balcon. Ils ont enfermé grand-maman dans une grosse boîte et ils se sont enfuis avec elle. Je me précipite pour appeler l'escouade antiterroriste. Je pousse de toutes mes forces pour ouvrir la porte d'entrée. BANG! La porte s'arrête d'un coup sec en vibrant sur ses pentures. Je donne un autre gros coup. BANG! J'entends la voix de grand-maman crier :

—Mon Dieu Seigneur!

Je passe la tête dans l'ouverture de la porte et j'aperçois grand-maman assise sur le plancher près de la boîte.

—Qu'est-ce que vous faites là?

—Mais tu le vois bien, je transporte la boîte à l'intérieur!

—Et qu'est-ce que vous faites dans cette position?

—Je tirais la boîte à l'intérieur lorsque tu as poussé sur la porte... alors je suis tombée!

—Oh! excusez-moi... Je croyais qu'on vous avait enlevée, et... et... pourquoi rentrez-vous la boîte? Elle n'est pas à vous!

—Je la mets à l'abri en attendant qu'on vienne la chercher! Il pourrait pleuvoir dessus, quelqu'un pourrait la voler. On ne sait pas, il y a peut-être quelque chose de précieux à l'intérieur...

Pendant que grand-maman parle, j'en profite pour inspecter la boîte de tout bord tout côté. Je n'en reviens pas! Elle est couverte de poussière. Il n'y a aucun timbre, aucun sceau, aucun bordereau de livraison. Il n'y a qu'une adresse à moitié effacée. C'est sans doute pour cette raison que le livreur s'est trompé d'adresse.

—Je vais téléphoner au bureau de poste, dit grand-maman.

—Ce n'est pas nécessaire, la boîte ne vient ni du bureau de poste ni d'une compagnie de livraison.

—Pourquoi dis-tu ça?

—Regardez vous-même! Il n'y a aucun timbre... ni rien de rien!

Grand-maman fait le tour de la boîte, se penche d'un côté et de l'autre, puis elle dit:

—Tu as raison, Noémie, tu ferais une bonne détective. Alors, que va-t-on faire? On ne peut pas la garder ici, ce serait malhonnête!

—C'est simple, nous allons nous rendre au 4003 pour qu'ils viennent chercher leur boîte!

—Qu'est-ce que je ferais sans toi? soupire grand-maman en se couvrant de son chapeau.

Elle verrouille la serrure de la porte d'entrée. En vitesse, nous descendons l'escalier et nous nous dirigeons à gauche, vers le 4003.

—Ça ne doit pas être bien loin, dit grand-maman.

Nous marchons sur le trottoir en regardant les adresses : 4301, 4299, 4297. Je remarque pour la première fois que les chiffres pairs sont placés d'un côté de la rue; les chiffres impairs, de l'autre côté. Donc, c'est facile à comprendre, le 4003 devrait se trouver de notre côté de la rue.

Nous marchons, nous marchons. Les chiffres descendent très lentement. Nous sommes presque rendues à la rue qui borde le parc et nous sommes devant le numéro 4037.

Au coin de la rue, nous nous retrouvons devant le 4017. Ensuite, notre rue traverse un grand parc, et il n'y a aucune maison dans le parc.

Nous restons bouche bée sur le coin de la rue. Nous ne comprenons plus rien. Le 4003 n'existe pas! Quelqu'un a envoyé une grosse boîte à une adresse qui n'existe pas... Mon imagination bondit comme une balle de caoutchouc. Le 4003 est peut-être une maison fantôme ou une maison invisible qui appartient à des savants fous ou à une organisation criminelle qui se sert d'une adresse qui n'existe pas pour faire du trafic de quelque chose de malhonnête avec quelqu'un qui n'existe pas non plus... Là, je l'avoue, je suis très, très, très mêlée dans mes idées. Ce n'est pas dans mes habitudes.

Grand-maman s'exclame en riant :

—Mon Dieu Seigneur, ce n'est pourtant pas sorcier!

—Quoi?

—Les numéros doivent continuer à descendre de l'autre côté du parc!

—Grand-maman, vous êtes un génie!

—Peut-être, mais le génie est fatigué. Je vais faire une sieste. Ensuite, nous irons de l'autre côté du parc...

—Grand-maman, vous ne pouvez pas faire ça! Je... je suis certaine que quelqu'un attend cette boîte.

—Et comment le sais-tu?

—Je... heu... Je le sais, c'est tout... Si vous êtes fatiguée, installez-vous confortablement sur un banc. Moi, j'irai de l'autre côté du parc pour vérifier les numéros!

—Mais non! Ce n'est pas prudent!

—Je ne cours aucun danger! Regardez! Il n'y a presque personne dans le parc. Seulement quelques piétons qui promènent leur chien. En plus, vous allez toujours me voir, je vais rester sur le même côté du trottoir.

Grand-maman hésite, puis elle s'assoit sur un banc en soupirant :

—Mon Dieu Seigneur...

Lorsqu'elle dit «Mon Dieu Seigneur» de cette façon-là, ça veut dire : Vas-y, mais dépêche-toi!

Je crie :

—Yahou! Merci, vous êtes la meilleure grand-maman du monde!

Je prends mes jambes à mon cou, comme on dit dans les films, et je m'élance sur le trottoir pour traverser le parc.

-4-

De l'autre côté

Je cours comme un cheval, une gazelle, un guépard. Lorsque je serai grande, je deviendrai championne olympique!

En traversant le parc, je pense aux adresses invisibles. J'imagine que je cours dans une dimension où les maisons, les gens, les oiseaux sont transparents. Soudain, mes pieds frappent quelque chose. Je perds l'équilibre, je me laisse tomber sur le côté et je roule dans l'herbe. Je fais une culbute et me relève aussitôt. Grand-maman bondit sur son banc. Avec les mains, je lui fais signe de ne pas s'inquiéter, que tout va bien.

Elle se rassoit, mais je sais qu'elle s'inquiète parce qu'elle pose ses deux mains sur son cœur.

Je traverse le parc à toute vitesse. Rendue de l'autre côté, j'attends le feu vert en reprenant mon souffle, puis je me précipite vers la première maison. Là, je n'en reviens pas. C'est comme si mon cœur faisait un tour sur lui-même. Au-dessus de la porte de la première maison, je vois apparaître le numéro 2625. Les chiffres se mélangent dans ma tête.

Il n'y a donc aucune porte avec le numéro 4003!

Je reste figée devant la maison. Je ne comprends plus

rien. J'essaie de réfléchir, mais aucune idée ne germe dans mon cerveau.

Je reviens sur mes pas. Au loin, j'aperçois grand-maman qui vient à ma rencontre en trottinant.

Je me pose un milliard de questions : Pourquoi livrer une boîte à une adresse qui n'existe pas ? Pourquoi l'avoir placée sur le côté ? Et surtout, surtout, pourquoi l'avoir laissée chez grand-maman ? Qu'allons-nous faire de ce colis suspect ?

-5-

Le colis suspect

Nous entrons dans la maison. La boîte est toujours au même endroit en plein milieu du vestibule. On dirait que ce n'est plus une boîte. Elle est devenue un gros point d'interrogation.

Grand-maman se penche, pose ses deux mains sur la boîte et se cabre pour la pousser dans le salon. La boîte ne bouge presque pas. Grand-maman se relève et me regarde, ahurie.

—Noémie... je ne sais pas si c'est parce que je suis fatiguée, mais il me semble que la boîte est plus lourde que tout à l'heure.

Pendant de longues secondes, nous nous regardons sans rien dire. Nous réfléchissons.

—Mais, voyons, c'est impossible! Regardez, la boîte est fermée, attachée avec la corde. La porte d'entrée et la porte arrière de la maison étaient verrouillées. Personne n'a pu entrer dans la maison et mettre quelque chose dans la boîte!

Je dis tout ça d'une manière très logique, mais je me précipite vers la serrure de la porte arrière. FIOU! Elle est verrouillée!

Je retourne dans le salon et je vérifie l'état de la boîte. La corde est toujours solidement attachée de chaque côté. Sans dire un mot, grand-maman et

moi poussons la boîte sur le tapis du salon. Puis nous nous asseyons ensemble sur le même canapé.

Nous avons l'air de deux vraies folles. Nous ne regardons pas la télévision, nous regardons une boîte. Je demande :

—Qu'est-ce qu'on fait, maintenant?

—Je ne sais pas, je ne sais plus!

—Bon! Soyons logiques... Cette boîte n'appartient à personne! Ouvrons-la et regardons à l'intérieur pour découvrir ce qu'elle contient.

— Mon Dieu Seigneur! Moi, je ferais le contraire. J'appellerais les policiers pour qu'ils viennent la chercher!

—Pourquoi? Ils vont mettre la boîte en prison?

—Mais non! Ils vont l'ouvrir eux-mêmes. Cette boîte peut contenir des livres, des souvenirs, des objets personnels. Tout est possible!

Tout se peut... Tout se peut. La boîte contient peut-être de l'argent, des perles, des rubis. Elle contient peut-être des plans pour retrouver un trésor...

En réfléchissant, je fais les cent pas autour de la boîte. En passant et en repassant devant la fenêtre, j'aperçois, dans la rue, un camion qui ralentit et qui s'immobilise. Un grand et gros monsieur vêtu d'une camisole rouge descend du camion en faisant claquer la portière. Il regarde à gauche et à droite, puis il se dirige vers notre escalier.

Je cours jusqu'à la porte d'entrée. Je tourne la clé de la serrure à double tour puis je retourne m'asseoir à côté de grand-maman en disant :

—Attention! Restez calme! Quelqu'un de louche vient nous visiter!

Grand-maman n'a même pas le temps de poser de questions. La sonnette retentit, DRING... DRING... DRING...

—Mon Dieu Seigneur! Que se passe-t-il, encore?

—C'est sans doute celui qui a livré la boîte... ou son complice qui devait venir la chercher!

—Mais il faut lui donner la boîte!

Je chuchote à l'oreille de grand-maman :

—Vous n'avez jamais écouté de films de bandits, vous? Si

nous lui remettons la boîte en disant «Bonjour, monsieur, voilà ce que vous cherchez», il va nous voir, il va voir qu'on l'a vu et, comme c'est un méchant, il va craindre qu'on donne son signalement aux policiers. Alors, le méchant va nous faire du chantage, il va nous menacer de... de... je ne sais quoi, ou même pire, il va vouloir nous éliminer! Habituellement... ces gens-là préfèrent éliminer les témoins gênants!

DRING! DRING!! DRING!!! La sonnette retentit dans toute la maison! C'est épouvantable. Nous restons figées sur le canapé comme des statues de marbre!

Après quelques secondes de silence, BANG! BANG!! BANG!!! Le gros monsieur donne des coups de pied dans la porte.

—Grand-maman! Seul un vrai méchant peut faire une chose pareille!

Et puis nous n'entendons plus rien. C'est le silence total. Un silence lourd comme du plomb...

Sur la pointe des pieds, je me dirige vers la fenêtre. Je regarde sur le balcon par un petit trou dans les rideaux.

Le méchant monsieur est assis sur la première marche. Il frappe son poing gauche dans sa main droite.

Je retourne vers grand-maman et je lui murmure :

—Le méchant est assis sur le balcon... Il attend!

—Il... Il attend quoi?

—Je crois le savoir... Restez calme! Ne vous en faites pas!

Je viens d'avoir une bonne idée... Faites-moi confiance...

-6-

La perruque

Grand-maman me regarde avec ses grands yeux ahuris. En claquant des dents, elle demande :

—Q... Q... Quelle... i... i... idée..., No... No... Noémie?

Puis, comme une vraie grand-mère, elle prend une grande respiration, se ressaisit et ajoute :

—Bon, Noémie! Tout cela n'a aucun sens. Tu as regardé trop de films. Il faut...

—Grand-maman, ne parlez pas trop fort... Si nous ne réagissons pas tout de suite, le méchant va rester sur votre balcon jusqu'à la fin du monde. Il doit penser que nous sommes parties quelque part et il attend notre retour...

—Tout cela est ridicule! Nous ne pouvons pas revenir... puisque nous sommes présentement dans la maison...

—Je crois avoir trouvé la solution à ce petit problème. Suivez-moi, et surtout ne dites pas un mot!

—Mon Dieu Seigneur, gémit grand-maman.

Sur la pointe des pieds, nous quittons le salon et nous nous dirigeons vers la chambre de grand-maman, qui ne comprend toujours rien.

En refermant la porte de sa chambre, je lui murmure :

—Voilà ce que nous allons faire : nous allons nous déguiser. Ensuite, nous sortirons par la porte arrière, nous descendrons dans la ruelle, nous contournerons le pâté de maisons et nous reviendrons ici, par en avant. Nous monterons l'escalier comme si nous étions des amies qui venaient vous visiter. Nous ferons semblant de rien. Nous sonnerons à la porte et, bien sûr, personne ne répondra. Puis je dirai quelque chose comme : «Ah oui, j'avais complètement oublié! Madame Lumbago est partie en voyage pour un mois!»

—Mon Dieu Seigneur, Noémie! Je ne serai jamais capable de faire une chose pareille!

—Pourquoi?

—Je... heu... parce que je ne suis pas capable de... de...

—Pas capable de quoi?

—... De mentir!

—Bon! Alors, ne dites rien. C'est moi qui vais parler!

Grand-maman se laisse tomber sur son lit. Elle répète :

—Ce n'est pas possible! Ce n'est pas possible!

Je regarde à travers le rideau de sa chambre. Le méchant n'a pas bougé. Il semble de plus en plus méchant. Il fronce les sourcils, il tape son poing droit dans sa main gauche. Il regarde sa montre de temps en temps. Je dis à grand-maman :

—Il faut y aller avant qu'il défonce la porte!

Grand-maman ne réagit pas. Elle regarde le plafond en bougeant la tête de gauche à droite.

—Bon! J'ai compris. Je vais y aller toute seule. Où est votre vieille perruque que je gardais pour l'Halloween?

Grand-maman ne répond pas, mais, avec son index, elle montre le fond de la garde-robe. Je fouille dans un vieux sac. Je trouve la perruque blonde. Je la place sur ma tête et je me tourne vers grand-maman en lui demandant :

— Me reconnaissez-vous?

Grand-maman éclate d'un rire nerveux. Elle avance les mains et replace la perruque sur ma tête. Ensuite, elle me serre dans ses bras :

— Ma petite Noémie d'amour, même avec dix perruques, je te reconnaîtrais dans le noir!

Je l'embrasse sur les deux joues et, avant qu'elle ait le temps de réagir, je me sauve à toute vitesse par la porte arrière. Je descends l'escalier, arrive dans la ruelle, fais le tour du pâté de maisons et, mine de rien, me dirige vers la maison de grand-maman.

Mon cœur se débat dans ma poitrine. J'ai peur qu'un voisin me reconnaisse.

J'arrive au pied de l'escalier. Le méchant est assis en haut. Il attend.

Je prends mon courage à deux mains. Je monte les marches en sifflant. J'arrive à la hauteur du méchant. Je lui fais le plus beau de mes sourires, celui que j'ai longtemps perfectionné devant le miroir. Mais lui, il me regarde avec un air de chien bouledogue. On dirait même que ses deux lèvres sont cousues ensemble.

Je sonne chez grand-maman. DRING! DRING!! DRING!!! Et là, je deviens tout angoissée. J'espère, j'espère, j'espère que grand-maman a

compris la tactique. J'espère qu'elle ne répondra pas!

Je fais semblant de m'impatienter. Je sonne de nouveau. DRING! DRING!! DRING!!! Soudain, le méchant me dit avec une vraie voix de méchant :

— Il n'y a personne! J'avais un rendez-vous... Ils vont peut-être revenir bientôt...

J'en profite pour m'exclamer :

— Ah oui! c'est vrai! J'avais complètement oublié! Ils sont partis en vacances pour... pour deux longs mois!

— Et quand sont-ils partis?

— Je... heu... je crois que ça fait trois jours.

— Ah bon! dit le méchant en se relevant. Ils m'avaient demandé de venir chercher un sac de linge pour les bonnes œuvres! J'ai autre chose à faire que d'attendre, moi!

Je le regarde en haussant les épaules pour signifier que je n'y peux rien. Il tourne la tête en bougonnant, descend lourdement l'escalier, traverse la rue, s'engouffre dans son camion, fait ronronner le moteur et disparaît au bout de la rue.

FIOU! J'enlève la perruque. Puis je sonne chez grand-maman pour qu'elle m'ouvre la porte. DRING! DRING!! DRING!!!

J'attends, j'attends! Je cogne de toutes mes forces sur la fenêtre.

Rien...

Je crie :

—Grand-maman! Ouvrez la porte! C'est moi, Noémie!

Rien...

La porte ne s'ouvre pas. Je colle mon oreille contre la fenêtre.

Rien...

J'espère qu'il n'est rien arrivé de malheureux à grand-maman! Je m'élance dans l'escalier en volant au-dessus des marches. Je me précipite sur le trottoir, contourne le pâté de maisons, cours dans la ruelle, monte l'escalier arrière et... Non, non, non, ce n'est pas vrai! Ce n'est pas vrai! Je me cogne le nez sur la porte du balcon arrière, qui est fermée à double tour!

-7-

Le téléphone

Alors, là, je ne sais vraiment plus quoi faire. La porte avant et la porte arrière sont verrouillées. Même si je crie à pleins poumons, grand-maman ne m'entend pas... ou elle ne peut pas m'entendre... ou encore, pire que pire, elle ne peut pas venir m'ouvrir la porte... parce qu'elle est bâillonnée sur une chaise... prisonnière de quelqu'un.

Je réfléchis le plus rapidement que je peux. Les idées sautent dans mon cerveau comme du maïs soufflé. C'est ça, j'ai tout compris. Pendant que j'étais sur le balcon d'en avant, quelqu'un en a profité pour s'introduire chez grand-maman par la porte arrière. Il est entré, a verrouillé la serrure par l'intérieur et...

Heureusement, j'habite en bas! Je redescends l'escalier. Avec ma clé, j'entre chez moi, je prends le récepteur du téléphone et j'appelle chez grand-maman. Chaque fois que mon doigt effleure une touche, je sens mon cœur battre. On dirait que le téléphone est devenu vivant!

Ça sonne un coup... deux coups... trois coups... Quelqu'un décroche le récepteur. Mon sang se glace dans mon corps. J'entends une voix d'homme répondre :

—OUAIS?

—Je... heu... qui parle?

La grosse voix ne répond pas. J'entends son souffle dans mon oreille. On dirait quelqu'un qui a de la difficulté à respirer... quelqu'un de nerveux... Moi, je tremble en pensant à ma grand-mère bâillonnée. Je décide de jouer le tout pour le tout. Je dis :

—Bon, écoutez, monsieur! Toute cette affaire n'est qu'un gros malentendu! Nous n'avons absolument rien à voir avec cette histoire. Prenez votre boîte! Emportez-la où vous voudrez et fichez-nous la paix! Nous sommes innocentes! Comprenez-vous ça? I... N... N... O... C... E... N... T... E... S...

Après un long silence, la grosse voix répond :

—Je crois que vous avez composé un mauvais numéro...

Je connais le truc. Il essaie de gagner du temps! J'ai déjà vu ça dans plusieurs films. Je change de tactique :

—Sachez, monsieur, que j'ai déjà donné le signalement de votre complice à la police et aussi à la gendarmerie. D'ailleurs, si vous écoutez bien, ils approchent avec leurs sirènes et leurs lumières rouges. Ils vont cerner la maison. Par le trou de la serrure, ils vont introduire un gaz qui endort. Vous allez vous réveiller en prison, où vous ne mangerez que du pain sec pour le reste de votre vie! Est-ce que c'est clair?

—Jeune fille, ce qui est clair...

—N'essayez pas de gagner du temps! Je connais tous les trucs! Vous allez débâillonner ma grand-mère, je veux lui parler!

Avec une voix pleine de sous-entendus, il me répond :

—C'est impossible...

—Pourquoi est-ce que c'est impossible? Pourquoi?

—Parce que je suis seul, ici!

—Monsieur! Arrêtez! Sinon, je vais me fâcher pour vrai, et vous allez le regretter personnellement. Je vous avertis...

—Bon, j'ai perdu assez de temps, répond le monsieur. Tu as composé le mauvais numéro! C'est tout! Adieu!

Je n'en reviens pas. Le ravisseur raccroche. Je ne me laisserai pas faire comme ça! La vie de ma grand-mère en dépend!

Je compose de nouveau le numéro. Je vais lui en faire, moi, des mauvais numéros!

DRING! Me raccrocher au nez!
DRING!! Je vais lui dire ma
façon de...

Le méchant décroche le
récepteur. Avant qu'il ait le
temps de dire allô, je lui lance :

—Bon! Fini les niaiseries!
Vous êtes cerné de tout bord
tout côté! Avez-vous compris?
La police encercle la maison!
L'armée de terre encercle tout
le quartier! L'armée du ciel
patrouille au-dessus de la maison avec des hélicoptères et
des bombardiers! N'essayez
pas de vous sauver par les
égouts! L'armée sous-marine
est en état d'alerte! Vous ne
pouvez vous échapper! Rendez-
vous! Sortez sur le balcon avec
les mains jointes derrière la
tête! Il ne vous sera fait aucun
mal! Vous avez ma parole!

Après un long silence, je dis :

—Allô? Allô?

Et, là, je manque de m'évanouir! J'entends la petite voix de grand-maman qui demande :

—Mais, voyons, Noémie! Qu'est-ce qui te prend?

—Grand-maman! Ils vous ont relâchée! Oh! je comprends. Ils vous ont relâchée pour que vous répondiez, mais vous ne pouvez rien dire parce qu'ils ont une carabine braquée sur vous! Faites semblant de rien! Répondez à mes questions en cognant sur le récepteur du téléphone. Un coup, ça veut dire OUI... Deux coups, ça veut dire NON... Vous avez compris?

Elle répond TOC. Ça veut dire «Oui».

—Grand-maman, sont-ils nombreux?

TOC TOC.

—Sont-ils armés?

TOC TOC.

—Veulent-ils avoir une rançon?

TOC TOC.

—Est-ce qu'ils vous écoutent présentement?

TOC TOC.

Donc, ils ne sont pas nombreux, ils ne sont pas armés, ils ne demandent pas de rançon et ils n'écoutent pas.

Je demande :

—Mais de quelle sorte de bandits s'agit-il?

—Mais de quels bandits parles-tu, ma chère Noémie? Je suis toute seule ici. Et toi? Où es-tu?

—Je... Je suis en bas, chez moi!

—Monte tout de suite! J'ai quelque chose d'incroyable à te montrer!

-8-

Le gâteau

Je grimpe l'escalier qui donne sur le balcon arrière. Grand-maman m'ouvre la porte. Je lui saute dans les bras. Ça sent le brûlé, c'est épouvantable!

—Qu'est-ce qui se passe, grand-maman?

Elle éclate d'un petit rire nerveux, m'entraîne vers la cuisine remplie de fumée et me place devant le comptoir. La fumée se dissipe lentement. Je vois apparaître les armoires, le grille-pain et, finalement, sur le comptoir, un gâteau complètement calciné!

Sans même que je lui demande d'explications, grand-maman me dit :

—Avec cette histoire de boîte, de méchant et de perruque, j'avais complètement oublié le gâteau... qui a brûlé. J'ai verrouillé la porte arrière pour éviter qu'en revenant tu crées un courant d'air qui alimente le feu.

Grand-maman jette le gâteau dans la poubelle, puis, en sortant de la farine, elle demande :

—Qu'est-ce qui est arrivé à ton méchant?

—Je... Heu... ce n'était pas un vrai méchant. C'était un monsieur qui venait chercher le sac de linge...

—Ah... je rappellerai les bonnes œuvres plus tard... En attendant, je vais nous concocter un autre gâteau. Et celui-là, je ne l'oublierai pas dans le four!

Grand-maman prépare son gâteau. Moi, je vais rôder au salon. Pendant plus d'une demi-heure, je fais le tour de la boîte en marchant à quatre pattes. J'approche mon nez. J'essaie de flairer une odeur, un parfum, quelque chose qui pourrait me donner un indice. Je ne sens rien de spécial.

Je me mouche plusieurs fois pour bien dégager mes narines, mais la boîte ne sent qu'une seule chose. Elle sent le carton, le vieux carton qui a traîné dans la poussière.

Je tente une dernière tactique. Je colle mon oreille contre la boîte. J'en fais le tour plusieurs fois, je n'entends rien. Absolument rien.

Je m'assois sur le canapé. Un grand frisson court dans mon dos. Je crie :

— Grand-maman! Grand-maman!

Elle accourt, couverte de son tablier à fleurs. De la farine blanche vole autour d'elle.

— Qu'est-ce qui se passe, Noémie?

— Grand-maman, regardez la boîte... Remarquez-vous quelque chose de spécial?

— Spécial comment?

— Il me semble que nous l'avions poussée au centre du tapis...

— Oui, et puis?

— Regardez vous-même! Elle n'est plus au centre. Elle a changé de place! Elle a changé de place!

—Mais, voyons donc, Noémie, une boîte, ça ne change pas de place toute seule!

—Justement, moi, je n'y ai pas touché, et vous non plus, je suppose?

—Mais non! Pourquoi l'aurais-je déplacée?

—Alors, si ce n'est pas vous, et si ce n'est pas moi, qui est-ce?

—Mon Dieu Seigneur, ça recommence, soupire grand-maman.

En vitesse, je regarde derrière les canapés, derrière les rideaux. Personne n'est caché dans cette pièce... Mais qu'en est-il du reste de l'appartement?

Effrayée à l'idée qu'un méchant se cache dans la maison, je m'empare de la main de grand-maman et je l'entraîne en courant vers le vestibule.

—Vite, il faut sortir d'ici au plus vite!

Pendant que grand-maman répète «Noémie, attends! Noémie, attends!», je l'entraîne à l'extérieur. Nous quittons l'appartement tellement vite que nous oublions de fermer la porte derrière nous!

En vitesse, nous dévalons l'escalier et nous nous retrouvons debout sur le trottoir. La voisine, madame Proulx, s'approche avec un gros sac d'épicerie dans les bras. Elle nous regarde avec étonnement :

—Est-ce que ça va?

Grand-maman et moi répondons en même temps :

—Oui! Ça va très bien, merci, et vous?

—Oui... mais... Je viens de vous voir descendre l'esc...

Je réfléchis vite... Si je lui raconte la vérité, tout le voisinage sera informé d'ici deux minutes, et le monde entier voudra voir cette foutue boîte! Alors, je lui dis :

—Grand-maman et moi avons organisé une course pour savoir laquelle de nous deux arrivera la première au bas de l'escalier...

—Et... et... et c'est Noémie qui a gagné..., ajoute grand-maman en époussetant un peu de farine sur son tablier.

—Drôle de jeu, répond la voisine. Savez-vous qu'il y a une grosse vente à la pharma...

Madame Proulx cesse de parler. Elle lève la tête, écarquille les paupières et ouvre la bouche en criant :

—AU FEU! AU FEU!

Nous nous retournons. Une épaisse fumée grise sort de chez grand-maman!

—Mon Dieu Seigneur! Mon Dieu Seigneur!

Je me précipite dans l'escalier et monte jusqu'au balcon. Derrière moi, grand-maman hurle :

—Noémie! Reviens ici tout de suite! Noémie! Je t'interdis...

Mon sang tourne à une vitesse folle. J'imagine que l'appartement de ma grand-mère brûle comme une rôtie. Puis, j'imagine le feu qui se propage en bas, chez moi... Si la maison disparaît, la foutue boîte disparaît elle aussi, et si la foutue boîte disparaît, je ne saurai jamais ce qu'elle contient, et si je ne sais pas ce qu'elle contient, je vais me poser des questions pendant le reste de ma vie...

Je pénètre dans l'appartement et je m'enfonce dans l'épaisse fumée qui sent le gâteau au chocolat. Après deux secondes, j'ai les yeux qui piquent. Je ne peux plus respirer.

Je me couvre le nez avec le bord de mon chandail. Je suis tout étourdie. Je me laisse tomber par terre et, là, je remarque qu'il n'y a pas de fumée près du plancher. Je rampe sur les lattes de bois et je traverse le corridor qui mène à la cuisine. Au-dessus de moi, la fumée s'épaissit. Je ne vois ni les murs ni le plafond. J'avance en rampant, comme dans les films de guerre. Derrière moi, la voix de grand-maman hurle :

—Noémie! Reviens immédiatement!

Je suis rendue trop loin pour faire demi-tour. En vitesse, je rampe jusqu'à la porte qui donne sur le balcon arrière. J'ouvre la porte. Une bouffée d'air frais s'engouffre dans la pièce. Je prends une grande inspiration. Je me rends jusqu'à la cuisinière puis, en vitesse, je me lève pour éteindre le four en plaçant la roulette à zéro.

Je me penche et inspire de nouveau.

À tâtons, je cherche les grosses mitaines en coton piqué. Je les trouve sur le comptoir. Dehors, j'entends des sirènes qui hurlent.

Je prends une autre inspiration.

J'enfile les grosses mitaines, j'ouvre la porte du fourneau et je m'empare du gâteau calciné.

Je prends une autre grande inspiration et je m'élance vers le balcon avec le gâteau qui fume... et puis, là, je ne comprends pas ce qui se passe. On crie mon nom! Le plancher tremble comme si des géants secouaient la maison. Je vois des fantômes courir dans le corridor. Le gâteau quitte mes mains. Je suis soulevée dans les airs comme par magie. Je reçois de l'air frais en plein visage et je traverse le corridor sans toucher le sol. J'ai l'impression de rêver, de voler dans la brume.

Soudain, la fumée se dissipe. Je vois apparaître le ciel bleu, le soleil jaune, les arbres verts, et les joues de grand-maman, qui sont blanches de peur. Je flotte dans les bras d'un immense pompier. En

bas, dans la rue, deux gros camions sont stationnés de travers. Les échelles passent par-dessus le toit de la maison. Des pompiers entrent et sortent de l'appartement. Une grosse voix crie :

—Parfait, les gars! Nous avons tout vérifié... Il n'y a plus aucun danger!

L'immense pompier me dit, en fronçant les sourcils et en me déposant par terre :

—Ma petite fille, ce que tu viens de faire là est très, très dangereux! Tu aurais pu t'as-phyxier!

Je quitte les bras du pom-pier et je m'élance vers grand-maman. Elle me serre sur son ventre en murmurant :

—Noémie... Noémie... Ne me fais plus jamais une peur pareille...

Puis elle se met à pleurer en me caressant les cheveux. Elle sent la farine et le chocolat.

-9-

À bout
de patience

Une fois les pompiers repartis, grand-maman et moi ouvrons les fenêtres de la maison et activons tous les ventilateurs pour faire sortir la fumée.

Heureusement, il vente un peu. La fumée sort par gros nuages. Après une heure, tout est redevenu comme avant... sauf que ça sent le brûlé. Grand-maman sort ses bouteilles de désodorisant et de parfums en bouteilles. Elle en vaporise dans toutes les pièces. C'est encore pire que pire. Ça sent le brûlé au parfum de jasmin, le brûlé à saveur de

menthe et le brûlé au zeste de citron.

Fatiguées par toutes ces émotions, nous nous retrouvons étendues sur le canapé du salon... devant... la foutue boîte de carton...

Je ne dis rien, mais je sens que je n'ai plus de patience. Je suis rendue au bout du rouleau et je vais faire une crise de nerfs si ça continue comme ça! En fixant la boîte, je dis :

—Bon, grand-maman, j'en ai assez de cette boîte! On l'ouvre et ensuite on passe à autre chose!

Grand-maman fixe le plafond. Elle fronce les sourcils et elle se mordille les lèvres; ça veut dire qu'elle réfléchit. Puis, sans me regarder, elle me dit cette phrase qui me fait bondir sur place :

—Attendons quelque temps... Si personne ne la réclame, nous l'ouvrirons...

—Quelque temps... quelque temps... Ça veut dire combien de temps?

Grand-maman ne répond pas. Elle fixe toujours la boîte comme si elle était hypnotisée... Je lui redemande :

—Une heure? Une journée? Une semaine? Un mois?

—Disons une semaine, répond-elle sans sourciller.

—Je ne serai jamais capable d'attendre si longtemps! Qu'est-ce que je vais faire pendant toute une semaine?

—Eh bien, tu vivras ta vie comme d'habitude, dit grand-maman en se levant.

—Oui, mais, d'habitude, il n'y a pas de boîte qui traîne dans le salon!

—Bon, si elle te gêne dans le salon, je peux la cacher dans ma chambre. Comme ça, tu ne la verras pas.

Elle m'exaspère, ma grand-mère, lorsqu'elle me parle comme ça! On dirait qu'elle ne comprend rien! Elle se dirige vers la cuisine. J'entends le robinet couler et puis je n'entends plus rien.

Je suis frustrée, très frustrée. Pour me changer les idées, j'allume la télévision. Je change machinalement de poste. Il n'y a rien d'intéressant. Tout à coup, mon cœur bondit. Sur l'écran, je vois une voiture de police qui roule à toute vitesse. Un détective dit au conducteur :

—Vite! Vite! La bombe va exploser! Il ne reste que trois minutes vingt-deux secondes!

La voiture fonce dans la nuit. Les gyrophares tournent à vive allure. La sirène hurle. Puis le conducteur freine brusquement. Le détective se précipite sur les lieux du drame. Le rythme de la musique s'accélère. Sur l'écran, on voit plusieurs bâtons de dynamite avec un détonateur et une minuterie dont les chiffres descendent en faisant bip, bip... Deux minutes vingt secondes... bip, bip... Deux minutes dix-neuf... bip, bip... Deux minutes dix-huit... bip, bip...

Je me précipite vers la fenêtre du salon. Je la ferme pour ne pas entendre les bruits extérieurs. Puis je colle mon oreille sur la boîte de carton...

Il me semble entendre un petit bip, bip... à l'intérieur de la boîte... mais je n'en suis pas certaine. J'éteins la télévision, j'écoute de nouveau. Il me semble entendre quelque chose... Et puis, là, je n'en peux plus. On dirait que je me sépare en deux parties. Ma tête dit non, non, non... Mes mains répondent oui, oui, oui...

—NON... NON... NON!

—OUI... OUI... OUI!

Ce sont mes mains qui gagnent. Elles s'approchent de la boîte. Mes doigts glissent le long de la corde. Ils commencent à défaire le nœud. Ma tête répète non, non, non! Le nœud est défait. Dans quelques secondes, je vais enfin savoir ce que cache cette foutue boîte...

-10-

Le mal de ventre

Soudain, je sursaute. Grand-maman demande :

—Noémie! Qu'est-ce que tu fais là?

Je réponds en rougissant :

—Je... heu... j'avais besoin d'une ficelle... pour jouer!

—Si tu veux de la ficelle, il y en a dans le tiroir de la cuisine...

Je regarde grand-maman et je lui dis en appuyant sur chacun des mots :

—Il y a peut-être une bombe à l'intérieur de cette boîte! Nous allons mourir, déchiquetées en mille morceaux. Dans tous les films, on voit des boîtes remplies de dynamite avec des détonateurs qui font bip, bip...

—Tu as trop d'imagination, Noémie... Je te le répète, je ne veux pas que tu l'ouvres! Cette boîte ne nous appartient pas!

—Bon! Alors, je vais regarder à l'intérieur... sans l'ouvrir!

Grand-maman fronce les sourcils. Je dis :

—Nous pourrions introduire une petite caméra de détective et...

—Oui, mais nous n'avons pas de caméra de détective!

—Dans les aéroports, ils utilisent des rayons X pour voir à l'intérieur des valises!

—Oui, mais on ne peut pas apporter la boîte à l'aéroport et demander de regarder à l'intérieur.

—Nous pouvons faire semblant de partir en voyage. Nous passons la boîte dans les rayons X. Nous regardons à l'intérieur et, ensuite, nous décidons d'annuler notre voyage!

Grand-maman soupire en regardant le plafond :

—Mon Dieu Seigneur...

Je réfléchis tellement fort que j'attrape un gros mal de tête... Soudain, une belle petite idée grossit dans mon cerveau. Je regarde grand-maman dans les yeux, puis je fais une grimace. Je me plie en deux. Je me tiens le ventre à deux mains et je fais semblant de me tordre de douleur sur le tapis du salon.

Grand-maman se précipite vers moi :

—Noémie, Noémie, qu'est-ce qui te prend?

—Je ne sais pas! Je ne sais pas! J'ai très, très mal au ventre! C'est épouvantable!

Je me tords de douleur. Grand-maman ne sait plus quoi faire. Elle veut prendre ma température, mais je me tortille d'un canapé à un autre, d'une chaise à une autre!

Grand-maman dit :

—Allons à la clinique. Il faut consulter un médecin!

En me roulant sur le tapis, je réussis à dire :

—Grand-maman, j'ai trop mal au ventre pour me rendre à la clinique! Je ne peux plus bouger! Il faut faire venir un médecin ici! Vite! Sinon je vais mourir!

Grand-maman s'élance vers le téléphone. En vitesse, elle compose un numéro et dit :

—Vite! Vite! Nous avons besoin d'un médecin!

Elle donne son adresse, dépose le récepteur en vitesse et se précipite vers moi. Elle m'aide à me relever et m'installe sur le canapé.

Je me tords de douleur. Au loin, j'entends la sirène d'une ambulance qui s'approche. Tout ça me rappelle de mauvais souvenirs*.

La sirène s'immobilise devant la maison. Quelqu'un monte l'escalier en courant. Grand-maman ouvre la porte. Un infirmier s'approche avec une petite valise. Il l'ouvre en vitesse et en sort un beau, un très beau stéthoscope.

---

* Voir *Le Secret de Madame Lumbago* et *Adieu, grand-maman*.

L'infirmier me pose quelques questions. Puis il regarde mes yeux, ma langue, mes oreilles. Il m'ausculte avec son magnifique stéthoscope. Il écoute mon cœur, mes poumons. Il fronce les sourcils. Ensuite, il pose le stéthoscope sur sa mallette. Avec le bout de ses doigts, il me touche le ventre à l'endroit où je suis supposée avoir très, très mal. Moi, je regarde le stéthoscope et je réponds aux questions de l'infirmier :

— Non, je n'ai plus de douleur ici. Ici non plus! Je crois que, finalement, je n'ai plus mal au ventre.

Je m'assois sur le canapé, et c'est moi qui lui pose des questions très subtiles :

— Est-ce que votre stéthoscope est très sensible? Est-ce

qu'il fonctionne bien? Est-ce que je pourrais l'essayer?

L'infirmier me tend son stéthoscope, se relève et se gratte la tête. Il regarde grand-maman avec inquiétude. Elle lui fait signe de s'approcher.

Pendant que grand-maman discute avec l'infirmier, moi, je pose le stéthoscope sur mes oreilles. J'écoute mon cœur. Il fait boum, boum, dans ma poitrine. Je me glisse à côté de la boîte. Je colle le bout du stéthoscope sur le carton pour écouter à l'intérieur... Je n'en reviens pas. J'écoute, j'écoute, et je n'entends rien. Il n'y a aucun bip, bip, aucun tic, tac, aucun boum, boum...

L'infirmier et grand-maman Lumbago m'aperçoivent en train d'ausculter la boîte de carton. Je deviens plus rouge

qu'une tomate. J'essaie de faire
semblant de rien. Je prends
mon air malade, je fais une grimace, je tousse, je me plie en
deux pour simuler un mal de
ventre, mais ça ne fonctionne
pas.

Grand-maman s'approche en grimaçant. Elle me relève par le bras. Je sais qu'elle est très fâchée. J'écarte le stéthoscope de mes oreilles et je le donne à l'infirmier. En refermant sa trousse, il me dit :

—Ce que tu viens de faire là est très vilain! Pendant que je perds mon temps ici, il y a de vrais malades qui attendent!

Grand-maman me dit, la bouche serrée :

—Va m'attendre dans ma chambre!

Je ne suis pas très fière de moi. Je m'enferme dans la chambre de grand-maman et me laisse tomber sur son lit. J'attends, comme un condamné à mort qui attend son exécution.

Après quelques secondes, la porte de la maison se referme.

L'infirmier descend les marches. Grand-maman vient me rejoindre. Elle s'assoit près de moi. Pendant un long, un très long moment, nous ne disons rien. Nous regardons le mur de la chambre. De grosses larmes coulent sur mes joues. Je dis en pleurant :

—Snif... snif... Excusez-moi, grand-maman... snif... snif... Je sais que je viens… snif... snif... de faire une bêtise, et... snif... snif... ne trouvez-vous pas... snif... snif... que ça sent le brûlé, ici?

—Mon Dieu Seigneur! Le gâteau!

-11-

L'enquête

Grand-maman se précipite à la cuisine, ouvre la porte du four et sort un autre gâteau calciné. C'est le troisième de la journée. J'ouvre la porte arrière, et nous nous retrouvons toutes les deux sur le balcon avec le gâteau qui fume.

—Un autre gâteau à la poubelle, soupire grand-maman.

—Depuis que nous avons reçu cette foutue boîte, vous faites brûler tous vos gâteaux... Cette boîte nous porte malheur!

Grand-maman regarde le ciel. Puis elle se tourne vers moi et soupire :

—Noémie, je te le répète pour la dernière fois, si personne n'a réclamé la boîte d'ici une semaine, alors nous pourrons l'ouvrir.

—Une semaine de combien de jours?

—D'après toi?

—Heu... Une semaine de quatre jours?

—Noémie...

—Cinq jours?

—Noémie...

—Cinq jours et demi? Je vous en supplie, grand-maman! Sept jours, c'est beaucoup trop long! Je ne pourrai jamais attendre si longtemps!

—Mais oui, tu le peux très bien!

▲   ▲   ▲

Grand-maman fait exprès de me faire patienter. Elle me répète sans cesse :

—Ma petite Noémie, c'est en patientant qu'on apprend la patience.

Je n'apprends pas la patience, j'apprends à devenir

enragée. Partout, à l'école, à la récréation, en mangeant, en rêvant, je ne pense qu'à cette foutue boîte. Dans le cours de dessin, je dessine des boîtes. Dans le cours de français, j'écris des poèmes remplis de boîtes. En mathématiques, j'additionne, multiplie et divise des boîtes. Chaque nuit, je rêve à des boîtes qui s'ouvrent. Je vais devenir folle, folle, folle, et je vais me retrouver à l'asile, enfermée dans une boîte de carton. Pour me changer les idées, j'essaie de récapituler comme ils le font dans les films. La question la plus importante est celle-ci : pourquoi avoir livré une vieille boîte à une adresse qui n'existe pas?

Je tourne et retourne la question dans tous les sens. Ma tête est remplie de points d'interrogation. Mon cerveau va exploser. Et puis, soudain, deux idées se frottent l'une contre l'autre. Une petite lumière s'allume dans mon cerveau. Je crois avoir trouvé la solution.

Je vais à la cuisine. En me versant un grand verre de lait, je demande à grand-maman :

—Savez-vous depuis combien de temps le parc existe?

—Je... je ne sais pas. J'habite ici depuis plus de quarante ans, et le parc a toujours existé...

—En êtes-vous certaine?

—Il me semble que oui... Pour le savoir, il faudrait demander à quelqu'un qui habite le quartier depuis... plus de quarante ans...

—Vous connaissez quelqu'un?

—Je crois que monsieur Tremblay est né ici, dans le quartier.

—Le très vieux monsieur Tremblay qui habite en face?

—Oui... Il a plus de quatre-vingt-dix ans, je crois...

Je ne perds pas une seconde. Je traverse le logement de grand-maman, me précipite dans l'escalier, traverse la rue en courant et appuie sur la sonnette de monsieur Tremblay. DRING... DRING... DRING...

Mon cœur bat à tout rompre. Personne ne répond. Je ne sais plus quoi faire, je suis trop énervée.

Je m'assois sur le bord du balcon de monsieur Tremblay et j'attends... J'attends... Finalement, j'ai une idée. Je retourne chez grand-maman. J'écris, sur un bout de papier : Bonjour, monsieur Tremblay, je m'appelle Noémie. J'habite en face de chez vous. J'aurais quelques questions à vous poser concernant le parc.

En collant le bout de papier sur la porte de monsieur Tremblay, j'entends un petit bruit à l'intérieur du logement. Quelqu'un s'approche lentement. La porte s'ouvre, et monsieur Tremblay me fixe, étonné. Avec mon plus beau sourire, je lui dis :

—Bonjour, monsieur Tremblay. Je m'appelle Noémie, j'habite en face, et... je... je fais un travail de recherche... pour l'école. Je voudrais vous poser quelques questions concernant le quartier.

En tremblant, monsieur Tremblay me répond :

—Mais avec plaisir! Entre donc!

—Je... Heu... Je n'ai pas la permission d'entrer chez des inconnus!

—Ah! Je comprends... Si tu ne veux pas entrer... c'est moi qui vais sortir.

Monsieur Tremblay s'assoit sur une des chaises du balcon. Je m'assois près de lui. Il me demande :

—Bon... Que veux-tu savoir?

—Je veux savoir si le parc a toujours existé.

—Quel parc?

—Le parc, là... au bout de la rue...

—Ah... oui... le parc... Le parc... hum... hum... hum... Le parc... le parc... Quelle est ta question, déjà?

Je regarde monsieur Tremblay dans les yeux :

—Je veux savoir si le parc a toujours existé!

—Hum… Hum… Hum… marmonne monsieur Tremblay. Laisse-moi réfléchir un peu…

Monsieur Tremblay ferme les yeux. Il réfléchit. Il réfléchit très longtemps. Moi, pendant ce temps, je regarde circuler les automobiles. Je regarde les oiseaux et, tout à coup, j'entends de curieux bruits. Monsieur Tremblay, la tête appuyée sur la poitrine, ronfle comme un vieux moteur. En lui touchant la main, je lui demande :

—Et puis?

Monsieur Tremblay sursaute :

—Qui? Que? Quoi? Que se passe-t-il?

Puis il m'aperçoit, replace ses lunettes sur son nez et me dit :

—Excuse-moi, je crois que je me suis endormi... un peu... Que voulais-tu savoir?

Je suis découragée, mais je ne le montre pas. Je répète, le plus gentiment du monde :

—Je voudrais savoir si le parc a toujours existé.

—Ah oui... Laisse-moi réfléchir...

—D'accord, réfléchissez. Mais, s'il vous plaît, gardez les yeux ouverts.

—Si je me souviens bien... il y a très, très longtemps... il y avait de vieilles manufactures de textiles dans ce quadrilatère... Les manufactures ont été démolies. On y a construit le parc...

Pendant que monsieur Tremblay parle, mon cœur veut exploser. Mon imagination part au galop. J'imagine les manufactures de textiles. J'imagine la boîte de carton remplie de tissus de toutes sortes. J'essaie de rester le plus calme et le plus rationnelle possible.

—Est-ce qu'il y avait seulement des manufactures?

—Non, je crois qu'il y avait aussi quelques commerces...

—Des commerces de quoi?

—Je ne me souviens plus très bien... Il y a si longtemps...

—Faites un petit effort... S'il vous plaît!

—Écoute... je ne m'en souviens pas... mais... je crois avoir gardé de vieilles photographies... quelque part...

-12-

Les photographies

Je demande à monsieur Tremblay :

—Où ça, quelque part?

—Quelque part... dans une boîte au sous-sol... Quelque part... dans le hangar... ou quelque part... en quelque part...

Bon, je sens que je vais m'énerver. Je prends de grandes respirations pour tenter de me calmer. Mais ce n'est pas facile. Subtilement, je dis à monsieur Tremblay :

—Moi, je suis très bonne pour trouver des choses... Je vais vous aider à les trouver!

—... À trouver quoi?

—Je vais vous aider à trouver vos photographies!

—Oui... mais tu n'as pas le droit d'entrer chez des inconnus.

—Ne bougez pas! Je reviens tout de suite!

Je quitte le balcon de monsieur Tremblay. Je traverse la rue en courant. Je grimpe chez grand-maman Lumbago. J'ouvre la porte d'entrée en criant :

—Grand-maman, je suis chez monsieur Tremblay! Je vais l'aider à faire du ménage! À tout à l'heure! Je vous aime!

Je redescends l'escalier en courant. Je retraverse la rue et j'arrive, tout essoufflée, devant monsieur Tremblay... qui dort sur son balcon.

—Monsieur Tremblay! Monsieur Tremblay! Réveillez-vous!

Monsieur Tremblay sursaute. Je le tire par la main :

—J'ai la permission d'entrer chez vous! Venez! Nous allons chercher vos photographies!

Sans dire un mot, monsieur Tremblay se frotte les yeux. Nous entrons dans son logement. Et, là, je manque de tomber sans connaissance. Le logement ressemble à un véritable capharnaüm. Il y a des documents empilés du plancher jusqu'au plafond. Les tables sont pleines de livres et de dossiers. Monsieur Tremblay trottine devant moi. Il répond à la question que j'allais lui poser :

—Comme tu peux le constater, mon métier d'archiviste me poursuit encore...

Ensemble, nous traversons le corridor et arrivons dans la

cuisine. Des livres et des papiers de toutes sortes débordent des tiroirs et des armoires. Je lui demande :

—Comment faites-vous pour trouver quelque chose dans tout ce... ce...

—Je trouve toujours ce que je cherche... parce que je ne jette rien!

Au fond de la cuisine, monsieur Tremblay s'approche d'une porte, sort un gros trousseau de clés de ses poches, choisit une clé et déverrouille la serrure, qui fait CLIC! La porte grince comme dans les films d'horreur. Un escalier descend dans le noir. En se penchant, monsieur Tremblay tire sur une corde. Une ampoule s'allume. Nous descendons l'escalier.

Rendue en bas, je manque de m'évanouir. Le sous-sol est rempli de classeurs et de bureaux de toutes les grosseurs. Il y a des papiers, des photographies, des journaux qui traînent partout. Monsieur Tremblay marche entre les classeurs. Il s'arrête, réfléchit quelques secondes et change de direction. Moi, je ne dis rien parce que je ne veux pas qu'il se déconcentre.

Soudain, monsieur Tremblay se gratte la tête, tourne sur lui-même et se penche en me demandant :

—En quelle année est-ce arrivé?

—Mais... je... je ne sais pas... C'est vous qui devriez le savoir!

—Moi? Pourquoi moi?

—Parce que, moi, je n'étais même pas au monde à cette époque!

Monsieur Tremblay ne répond rien. Il fouille dans le tiroir d'un classeur. Pour être bien certaine qu'il n'oublie rien, je lui répète :

—Nous cherchons des photographies de la manufacture et des commerces tout autour!

—Ah oui! Je me souviens.

Monsieur Tremblay referme le tiroir. Il se relève et trottine au fond du sous-sol. Il ouvre un classeur et le referme. Il en ouvre un autre et le referme aussitôt. Chaque fois, mon cœur veut exploser.

Après une heure de ce petit manège, monsieur Tremblay dit simplement :

—Voilà.

Je me précipite vers les photographies. Je vois les images d'une vieille manufacture. Des gens entrent et sortent. Monsieur Tremblay dit :

—Voilà, c'est la manufacture!

Je regarde l'adresse sur la photographie... C'est le numéro 4000. Donc, le numéro 4003, l'adresse inscrite sur la boîte de carton, est probablement juste en face de cette manufacture!

Je fouille dans le paquet de vieilles photographies. Je ne vois que des images de la manufacture, des images de filles et de femmes qui font de la couture devant de grosses machines.

—C'est tout? Vous n'avez pas une image du numéro 4003?

Monsieur Tremblay me répond :

—Je ne sais pas... je vais me reposer... Cherche toi-même dans le classeur.

Monsieur Tremblay disparaît en haut de l'escalier. Je reste seule au sous-sol, entourée de milliers et de millions et de milliards de documents. Complètement découragée, j'ouvre un tiroir, puis un autre, puis encore un autre. Je fouille, je fouille comme je n'ai jamais fouillé... mais sans succès.

Soudain, mon cœur bondit. J'aperçois une vieille coupure de journal sur laquelle apparaît le numéro 4003. C'est un magasin de musique. Le magasin de musique LEMAIRE... Maintenant, je comprends tout : la boîte était destinée au magasin de musique LEMAIRE.

Avec le temps, les lettres ont disparu… Il ne reste que LEMA à demi effacé.

Je m'empare de la coupure de journal et je monte l'escalier à toute vitesse. Je crie :

— Monsieur Tremblay! Monsieur Tremblay!

Aucune réponse. Je suis seule dans sa maison. Je m'assois sur une des chaises de la cuisine et je regarde la coupure de journal. Soudain, j'entends ronfler. Je me rends au salon et j'aperçois monsieur Tremblay étendu sur un canapé.

— Monsieur Tremblay! Monsieur Tremblay! J'ai trouvé ce que je cherchais! Regardez!

Il sursaute et replace ses lunettes sur son nez. Puis il regarde le journal et dit :

—Ah... C'est le magasin de musique de madame Lemaire... Un jour, la manufacture, en face, a fermé ses portes. C'était la fin d'une époque... La manufacture a été démolie...

—Qu'est-il arrivé au magasin de musique?

—Heu... Il a été démoli lui aussi... On a rasé quelques pâtés de maisons pour en faire un parc. La fille de madame Lemaire a ouvert un autre magasin pas très loin d'ici... sur la rue principale...

J'embrasse monsieur Tremblay sur les deux joues et demande :

—Avez-vous déjà entendu parler de lettres, ou de colis, ou de boîtes qui se perdent dans le courrier?

—Je... heu..., dit monsieur Tremblay en se grattant la tête.

J'ai déjà entendu parler de lettres qui étaient tombées derrière un comptoir au bureau de poste et qu'on a retrouvées cinquante ans plus tard, ou de colis qu'on avait oubliés au fond d'un entrepôt... Je crois bien avoir un dossier complet là-dessus... quelque part au sous-sol...

Mon cœur bondit dans ma poitrine. J'embrasse monsieur Tremblay une autre fois, quitte son logement en courant, traverse la rue et monte chez grand-maman Lumbago.

-13-

La surprise

Je rejoins grand-maman à la cuisine. Elle essuie ses mains sur son tablier et referme la porte du four. Je suis tellement énervée que je tremble de partout.

—Bon, grand-maman, je vous en prie, ne posez pas de questions et suivez-moi!

—Te suivre où?

—Nous allons rapporter la boîte à sa propriétaire, je veux dire à la fille de la propriétaire!

—Noémie... Nous ne connaissons pas le propriétaire de la boîte, et toi, tu me parles de sa fille...

Je suis trop excitée pour répondre à grand-maman. Je vais chercher ma voiturette dans la cour et je la place sur le trottoir, devant l'escalier.

—Vite, aidez-moi à descendre la boîte!

—Mais... Noémie! Veux-tu m'expliquer ce qui...

—Vite! Faites-moi confiance... pour une fois!

Grand-maman plisse le front, et les yeux, et la bouche. Avant qu'elle me pose une autre question, je lui dis :

—Vite! Vite! Dans quelques minutes, vous saurez tout, je vous le jure!

Grand-maman soupire en regardant le plafond :

—Mon Dieu Seigneur... Laisse-moi le temps de me coiffer, au moins!

Elle enlève son tablier, se regarde dans le miroir, replace une mèche de cheveux et se coiffe d'un chapeau. On croirait qu'elle fait exprès de perdre du temps. Ensuite, avec mille précautions, nous soulevons la boîte, descendons l'escalier, et déposons la boîte sur ma voiturette.

—Puis-je savoir où nous allons, maintenant?

—Suivez-moi!

—Noémie, dis-moi ce qui se passe!

En tirant la voiturette, je dis à grand-maman :

—Bon, écoutez-moi bien. J'ai beaucoup réfléchi et j'ai tout compris. Il y a très, très longtemps, la boîte était destinée au magasin de musique Lemaire, situé en face de la manufacture. On a démoli la

manufacture, puis on a démoli les maisons et les commerces pour faire le parc. Un livreur est venu pour livrer la boîte au magasin de musique qui n'existe plus. Vous me suivez, grand-maman?

—Heu… j'essaie…

—Bon, le livreur, voyant qu'il n'y avait plus de magasin de musique, rapporte la boîte et la laisse dans un entrepôt… C'est pour ça qu'elle était toute poussiéreuse…

—… Ouais… Ensuite? marmonne grand-maman d'un air incrédule.

—Ensuite, la boîte est oubliée pendant des années, des années. Elle est recouverte par d'autres boîtes et d'autres boîtes… Puis un jour, pour une raison que j'ignore, quelqu'un fait le ménage de l'entrepôt, trouve la boîte et la livre chez vous par erreur parce que les adresses se ressemblent.

—Noémie, tu as trop d'imagination!

—Je suis tellement certaine d'avoir raison que je suis prête à faire un pari... Si je perds, je... je ferai le ménage de ma chambre pendant un an... Et vous, que pariez-vous, grand-maman?

—Je... heu... Tout ce que tu voudras, ma petite Noémie...

Pendant que je réfléchis, je tire la voiturette le plus rapidement possible. Grand-maman trottine derrière. Je tourne à droite sur la rue commerciale. Après quelques coins de rues, je m'arrête devant un magasin de musique. Je le connais parce qu'il est situé à côté du marchand de crème glacée. Je lis dans la vitrine : École de musique Lemaire. Pendant que grand-maman reprend son souffle, je me précipite à l'intérieur du magasin.

Je ressors quelques secondes plus tard avec une dame. Je dis :

— Grand-maman, je te présente mademoiselle Lemaire.

Elles se regardent toutes les deux en ayant l'air de dire : «Que se passe-t-il, ici?»

Nous transportons la boîte dans le magasin. Grand-maman demande :

— Puis-je savoir ce qui arrive, à la fin?

— Si je gagne mon pari, je voudrais suivre des cours d'accordéon.

— Mais tu n'as pas d'accordéon!

—Oui, j'en ai un… Il est dans la boîte!

Mademoiselle Lemaire et grand-maman me fixent avec étonnement. La dame regarde l'adresse inscrite sur la boîte :

—C'est absolument incroyable, c'est l'adresse de l'ancienne boutique, la boutique de ma mère!

Puis elle ajoute, en se tenant les joues avec les mains :

—Non! Ce n'est pas possible! Ce n'est pas possible!

En vitesse, mademoiselle Lemaire coupe les cordes avec un couteau, puis elle ouvre les quatre battants de carton. Nous nous penchons toutes les trois et regardons dans la boîte. Elle est remplie de boulettes de papier brun.

Je n'en peux plus. Je me lance sur la boîte et je fouille

en enlevant les boulettes de papier. Soudain, mes mains touchent quelque chose de métallique.

Mademoiselle Lemaire se penche à son tour. Elle enfouit ses mains dans la boîte et en sort un bel accordéon tout noir avec des dessins dorés. Elle balbutie :

—Ça, c'est vraiment incroyable... C'est un Paolo Soprani... un modèle italien... que ma mère avait commandé exprès pour moi... pour mon dixième anniversaire... il y a... il y a plus de cinquante ans... On le croyait perdu... Je m'en souviens, j'avais pleuré pendant deux jours!

Mademoiselle Lemaire essuie ses yeux. Puis elle s'assoit, passe les bretelles de l'accordéon derrière son dos et commence à

jouer. La musique emplit tout l'espace du magasin. Grand-maman me demande :

—Mais comment... comment as-tu fait pour deviner?

Je sors de ma poche la coupure de journal :

—Lisez ce qui est écrit sur la vitrine du magasin de musique, là sur la photographie.

Grand-maman lit à voix haute :

— École de musique Lemaire. Spécialité : ACCORDÉON.

— Comme j'ai gagné mon pari, j'aimerais que vous suiviez des cours de musique avec moi!

— Mon Dieu Seigneur...

Soudain, les joues de grand-maman deviennent rouges comme des tomates. Elle se précipite vers la porte du magasin en criant :

— Vite, Noémie! Vite! Nous en reparlerons plus tard! J'ai un gâteau qui est en train de cuire dans le four!

Fin